Peter Hacks

DER BÄR AUF DEM FÖRSTERBALL

Illustriert von Reinhard Michl

Insel Verlag

Insel-Bücherei Nr. 2047

© Insel Verlag Berlin 2021

DER BÄR AUF DEM FÖRSTERBALL

Der Bär schwankte durch den Wald, es war übrigens Winter; er ging zum Maskenfest.

Er war von der besten Laune. Er hatte schon ein paar Kübel Bärenschnaps getrunken; den mischt man aus Honig, Wodka und vielen schwierigen Gewürzen.
Des Bären Maske war sehr komisch. Er trug einen grünen Rock, fabelhafte Stiefel und eine Flinte auf der Schulter; ihr merkt schon, er ging als Förster.

Da kam ihm, quer über den knarrenden Schnee, einer entgegen: auch im grünen Rock, auch mit fabelhaften Stiefeln und auch die Flinte geschultert. Ihr merkt schon, das war der Förster.

Der Förster sagte mit einer tiefen Baßstimme: »Gute Nacht, Herr Kollege, auch zum Försterball?«
»Brumm«, sagte der Bär, und sein Baß war so tief wie die Schlucht am Weg, in die die Omnibusse fallen.
»Um Vergebung«, sagte der Förster erschrocken, »ich wußte ja nicht, daß Sie der Oberförster sind.«
»Macht nichts«, sagte der Bär leutselig.

Er faßte den Förster unterm Arm, um sich an ihm festzuhalten, und so schwankten sie beide in den Krug zum zwölften Ende, wo der Försterball stattfand.

Die Förster waren alle versammelt. Manche Förster hatten Geweihe, die sie vorzeigten, und manche Hörner, auf denen sie bliesen.

Sie hatten alle lange Bärte und geschwungene Schnurrbärte, aber die meisten Haare im Gesicht hatte der Bär.

»Juhu«, riefen die Förster und hieben den Bären kräftig auf den Rücken.
»Stimmung«, erwiderte der Bär und hieb die Förster auf den Rücken, und es war wie ein ganzer Steinschlag.

»Um Vergebung«, sagten die Förster erschrocken, »wir wußten ja nicht, daß Sie der Oberförster sind.«

»Weitermachen«, sagte der Bär.
Und sie tanzten und tranken
und lachten; sie sangen, sie hätten
so viel Dorst im grünen Forst.

Ich weiß nicht, ob ihr es schon erlebt habt, in welchen Zustand man gerät, wenn man so viel tanzt und trinkt, lacht und singt.
Die Förster gerieten in einen Tatendrang und der Bär mit ihnen; der Bär sagte: »Wir wollen jetzt ausgehn, den Bären schießen.«
Da streiften sich die Förster ihre Pelzhandschuhe über und schnallten sich ihre Lederriemen fest um den Bauch; so strömten sie in die kalte Nacht.

Sie stapften durchs Gehölz. Sie schossen mit ihren Flinten in die Luft. Sie riefen Hussa und Hallihallo und Halali, wovon das eine soviel bedeutet wie das andere, nämlich gar nichts, aber so ist das Jägerleben.

Der Bär riß im Vorübergehn eine Handvoll trockener Hagebutten vom Strauch und fraß sie.
Die Förster riefen: »Seht den Oberförster, den Schelm«, und fraßen auch Hagebutten und wollten sich ausschütten vor Spaß.

Nach einer Weile jedoch merkten sie, daß sie den Bären nicht fanden.
»Warum finden wir ihn nicht?« sagte der Bär, »er sitzt in seinem Loch, ihr Schafsköpfe.«
Er ging zum Bärenloch, die Förster hinterdrein. Er zog den Hausschlüssel aus dem Fell, schloß den Deckel auf und stieg hinunter, die Förster hinterdrein.

»Der Bär ist ausgegangen«, sagte der Bär schnüffelnd, »aber es kann noch nicht lange her sein, es riecht stark nach ihm.« Dann torkelte er zurück in den Krug zum zwölften Ende und die Förster hinterdrein.

Sie tranken gewaltig nach der Anstrengung,
aber die Menge, die der Bär trank, war wie ein
Schmelzwasser, das die Brücken fortreißt.
»Um Vergebung«, sagten die Förster erschrocken.
»Sie sind ein großartiger Oberförster.«

Der Bär sagte: »Der Bär steckt nicht im Walde,
und der Bär steckt nicht in seinem Loch; es bleibt nur eins,
er steckt unter uns und hat sich als Förster verkleidet.«

»Das muß es sein«, riefen die Förster, und sie blickten einander mißtrauisch und scheel an.

Es war aber ein ganz junger Förster dabei, der einen verhältnismäßig kleinen Bart hatte und nur wenige Geweihe und überhaupt der Schwächste und Schüchternste war von allen. So beschlossen sie, dieser sei der Bär.

Sie krochen mühsam auf die Bänke, stützten ihre Bärte auf die Tische und langten mit den Händen an der Wand empor. »Was sucht ihr denn?« rief der junge Förster. »Unsere Flinten«, sagten sie, »sie hängen leider an den Haken.«

»Wozu die Flinten«, rief der junge Förster.
»Wir wollen dich doch schießen«, antworteten sie,
»du bist doch der Bär.«

»Ihr versteht überhaupt nichts von Bären«,
sagte der Bär. »Man muß untersuchen, ob er einen Schwanz hat und Krallen an den Tatzen«, sagte der Bär.

»Die hat er nicht«, sagten die Förster, »aber, Potz Wetter!, Sie selbst haben einen Schwanz und Krallen an den Tatzen, Herr Oberförster.«

Die Frau des Bären kam zur Tür herein und war zornig. »Pfui Teufel«, rief sie, »in was für Gesellschaft du dich herumtreibst.«

Sie biß den Bären in den Nacken, damit er nüchterner würde, und ging mit ihm weg.

»Schade, daß du so früh kamst«, sagte der Bär im Walde zu ihr, »eben hatten wir ihn gefunden, den Bären. Na, macht nichts. Andermal ist auch ein Tag.«

2. Auflage 2022. © für diese Ausgabe Insel Verlag Anton Kippenberg GmbH & Co. KG, Berlin, 2021. © Eulenspiegel Verlag, Berlin 2004. Alle Rechte vorbehalten. Wir behalten uns auch eine Nutzung des Werks für Text und Data Mining im Sinne von § 44b UrhG vor. Bezugspapier: Reinhard Michl, München. Gesetzt in der Schrift Utopia STd. Lithografie: D8 Digital Lab, Bayreuth. Gedruckt auf holzfreies, alterungsbeständiges mattgestrichenes Papier der Firma Papier Union, Hamburg, von der Memminger MedienCentrum AG, Memmingen. Gebunden in Fadenheftung von der Josef Spinner Großbuchbinderei GmbH, Ottersweier. Dieses Buch wurde klimaneutral produziert: climatepartner.com/14438-2110-1001.
Printed in Germany. Erste Auflage 2021.
ISBN 978-3-458-20047-5
www.insel-verlag.de